中国現代詩人文庫 3

金学泉詩集

川中子義勝／佐々木久春／金春龍 監修
柳春玉 訳

土曜美術社出版販売

序

このたび「中国現代詩人文庫」という形で、優れた中国詩人たちの詩の翻訳を日本の読者に紹介するはこびとなった。一人ひとりの作品を一冊ずつにまとめ、順に刊行していく。

彼らは中国朝鮮族出身の方々で、黒龍江省、吉林省、延辺朝鮮族自治州、遼寧省（瀋陽）などの地域で活動されている。朝鮮半島の根本にあたるその地域は、すでに尹東柱ゆかりの地として知られているが、そこで今日なお詩人たちがどのように暮らし、いかなる作品を記しているかを、今回初めてつぶさに知ることができる。詩人たちの関心はそれぞれ違い、様々な主題を表現している。自然を愛しそこに命の歌を聞こうとする詩人もいれば、経済的破綻の現実や社会の困難な側面と向きあおうとする詩人もいる。現実を受けとめ、さらに芸術の真実を追究してゆく。あるいは故郷を離れ、暮らし続ける土地への執着を象徴的に語る。発表が困難でも、詩への愛ゆえに懸命に言葉を紡ごうとする。

それぞれの課題達成のために力を尽くす彼らの詩を日本語に移すのは、同郷の詩人柳春玉。久しく日本で生活を営みつつ自ら詩作に励んできたが、このたび恩を受けた詩人たちに報いるべく献身的に翻訳の筆を取った。その熱意と努力には頭が下がる。中国、韓国、日本の間を仲介するその業績が、今後の国際交流に貢献し、良い関係を築いていくための一助となることを願って已まない。そのためにも監修者として見守ることができたことを喜びとする。諸事情で魁を果たす詩人たちには久しくお待たせしたが、まずはこうして揃っての出立が叶った幸いを言祝ぎたい。

東京大学名誉教授　川中子義勝

詩集『飛び立つ風景』

第一部　百年と千年の境界を越えて

第二部　私は詩行であなたにひそかに小道を差し上げよう

第三部　故郷の月食について

第五部　布爾津《ブルチン》のお月様

詩集　飛び立つ風景

第一部　百年と千年の境界を越えて

時間

道は　もしかすると
長くもあり　短くもある
勤勉さは　もしかすると
必須ながらも　まあほどほどということもできる
怠惰は悪い癖だが
ずいぶんと安逸で気楽だ
恋しさと　呆然として溺れてしまった瞑想は
ひたすら影のように付きまとい
一生の心を思いのままに誘惑する

まだ　どれくらいの長い時間が残っているのか
こんな風に躊躇うことなく　むやみに使う

消える歳月は　宇宙から降り注ぎ
釈然としない情緒を
退屈と満足感で抑え込む
森羅万象の複雑な気持ちの中で
分秒を刻み　ゆらゆらとする早瀬は
惜しみなく光陰を消費する

歩んで　経験したことだけ
生きて　感じたことだけでも
そして　持っているもの　失くしたものだけでも
すでに知っていたり　まだ知らないものだけでも
すべて秋の日の燦然たる陽光の下で
なじんだ香りを発散し
大切な歳月と平凡な歳月は
次第に遠ざかっては消える
水が来れば土で堤防を作り

兵が来れば　大将を送って正面から受け
この世では地上に怖いものは何一つないのに
ただ防ぐことができないものは　この歳月だ

清明の季節

昔から　清明の時には雨が降るといったが
昔から　そのために道行く人は面倒だと言うが
果たして　今年の清明は　いつもと違って曇っており
今年の清明はどうにももどかしい
世の中は悲哀に満ちて
悲しい気運が全世界に漂う

人間たちは　このような災難を避ける術がなく
このような凄惨な現実を直視することができず
顔を隠して変装した悪魔と戦い
硝煙のない戦争が熾烈に繰り広げられている
退屈な競い合いに

時間が止まったように秒針は動かず
安心して宿ることができる身体を
終始見つけられない魂

未だ　鬼の前でこだまする
あのときの　あの詩人の叫びよ
　奪われた野にも
　春は来るのか
新芽が大地の上で芽生え
優雅な花々が咲き誇り
川の水のせせらぎも甦るだろうか
汲々とした空気を放つ
消毒された空間は
あまりにも重い疑問が蓄積されている

歳月が清明であれば

樹木が清らかで
人間がきれいであれば
清浄な気持ちと
明瞭な境界が現れる
優しい風は努力するが
すべての涙は拭いてやれない

初春

黒雲は
いくつかの筆法で豪放な書を書き下ろす
もしかしたら　これはこの冬最後の雪を降らせる雲だろうか
乱れた筆跡は
読むことが難しく　ますます奥深くなる

南風は誇張しながら
たった今　厳冬から解放されたことをごまかし
細い指で冷たい星を撫で
お日様を
本能的に恥ずかし気に微笑ませる

樹林は
まだ洒落た旋律を奏でることができず
勇壮な本性は沈黙に取って代わられ
旺盛な勢いは晩秋から落葉とともに
異質化した本性を苦痛で痙攣させ
希望が芽生える新芽からの復帰を予告している

冬の間に固まっていたクレーンが
リズムをとりながら力強い腕を差し出し
コンクリートで立体の宣言を組み立てる
北中国の荒漠な大地から
デコボコと隆起した筋肉で
現代の意識は　この季節に
寒くて暖かい気温の中で
エアロビクスを熱心に練習している

季節は
いつも忙しい人間たちのせいで奇妙なところに現われる
その創造的な自由と斬新な霊感は
たとえばビールの泡の中で
腰をすっと伸ばし
爽やかに伸びをしている

春の日に関するある話題

話題は
もしかすると長く　また長く
もしかしたら多く　また多い

南方から飛来する雁の群れのように
天の幕を徐々に断ち切り
宇宙は流星雨の伝説を降らす

タンポポの空想
ツツジの朗唱
すべてが朝日のように空の果てから昇る

話題は　まさにこうして続き
季節は　まさにこうして結ばれ
ストーリーは　まさにこうして時空間の輪郭を描き出す

一輪のバラ
一杯のワイン
一度の意外な行きずり

ある可能性の不可能さのために
あるいは　ある不可能さの可能性のために
泣きながら笑って　時々笑いながら泣く

その後であれば
落ち着かない姿で
その歪《いびつ》な険しい話題のせいで放浪する

寂しい心事

すべての心事は　風に乗って遠くへ行き
ひたすら　いくつかの落葉だけが
寂しく大地の上に寝転がる

いつかの美しい姿が
私の思いを伴って
完ぺきな季節を幻想させる

今は
その歳月が流れ
蒼白な空と
やせ細った枝の間に

季節外れの雁の群れが駆け抜ける
早朝
夢から覚めたら
涙が点々と枝に垂れ下がった
誰の心事だろうか
間違いなく　越冬するカラント*だ

* 干しぶどうの一種。すぐり類。

詩を書くとき

でくの坊のように　ぼんやりとどこかを眺め
失神したように　ぼんやりと何かを瞑想し
ひいては　間の抜けたように硬直したり
ひいては　魂が抜けたように
ひいては　腑抜けのように
しばらく異常であったが
とうとう正気になり
パシッと膝を打ち
この時が　まさしく最高の状態だと感嘆する

指に思惟と魂を乗せて
コンピュータのキーボードでバレエを踊り

優雅な姿で
絢爛たる風流を描き
きらきらと数多くの色彩で
美しい声を奏でてみる

踊りに歌のリズムも情緒
憂鬱で焦燥するのも情緒
稲妻が光る雷の音も情緒
花鳥風月も情緒で
ひたすら自分の気の向くまま
漂う一千万の理由となる

森羅万象の世事を
蓄積して発酵させ
その熱と情を筆先に凝結して
空白に落書きをして

空間を埋め
不思議な感情の花を咲かせる

でくの坊のように　ぼんやりとどこかを眺め
失神したように　ぼんやりと何かを瞑想し
ひいては　間の抜けたように硬直したり
ひいては　魂が抜けたように
ひいては　腑抜けのように
しばらく異常であったが
不意に　天人合一となり
絶妙の状態でそれとなく染み入る

森林風景

名も知らぬ孤独な山鳥
疲れた体に紫の黄昏の光を乗せて
何周かぐるぐると飛び回り
急に降りてきて
若くてきれいなシラカンバの森の中に泊まる

星屑が静かな湖に落ちるように
一つの波紋を起こす

そして
夜の星たちは眠った目を輝かせながら
見慣れぬ音符を解読する

タンポポの花は寂しさの中で歓喜を咲かせ
幻想に浸って本分を守ろうとしない
一筋のそよ風は
そっと伝統的な情を盗み出す

百合の花は青春の騒ぎに
苦しめられて痙攣を起こし
情のこもった目で
時空の外部を首をもたげて眺める

尾根で遊んで飽きた三日月は　噯気《おくび》をしながら
にこやかに森林の多くの木の梢を縫い
厳然たる風采で
恍惚とした夜景を喜ぶが
こっちに向かって手当たり次第に
知っているふりをして乾いた咳をする

新開嶺*を越えて

果てしない原生林の中
冬の日のシラカンバの森は
優れたファッションモデルたちだ

存在として
由緒ある樹林
清新な風が入り込み
洒脱で若々しい　溌剌とした生気
雰囲気が漂う

そして　旅人は勇ましい勢いで荒々しく息をして
終日　恐慌と不安を募らせる

激しい風音は重い鼻息に変奏され
舞い散る雪の花は果てしない幻想に変わり果てる
ざわめくイメージは
未だ結末にたどり着けない

やがて　すべてのものは
束の間だけでも静寂に流れ
また　思い出の瞑想の中でうっとりと酔う

はるかに遠い故郷の大地
夕日に染まったおじいさんは　トボトボと歩いて来る
幼少時代のあだ名が放物線を描いて
空から聞こえるかどうか
思ったより長い余韻は　耳元ですすり泣く

忽然と白いコートの紐が

黄昏の光になびき
背負子《しょいこ》の上のずっしり重い昔話は
螺旋を描いて巣を探す鳥たちと溶け合う

静かな雪の夜のように
入れ替わる日月のように
すべての形式と
すべての内容は
実際のところ　このように簡潔で純粋だ

＊　秦嶺山脈の一部。東延陝西省南県南部の山脈。

裸の樹林

冬だ
木の葉はすべて飛ばされていった

眩しい装いをすっかり脱ぎ捨てて
広葉樹林は　一糸まとわぬ姿で
白雪を背景とする山と山の間で
最も悠久な秘景を表し
その美しさが際立つ最高の趣を見せつける

美しく　清楚な超脱した姿
その美しさは　あまりにも簡潔で清らかだ

神話の中の一節の景色のように
伝説の中の一部の情景のように
川の水が歌を止め
風が騒ぎを止め
鳥たちが歌を止め
清浄な空気の中で
少しでも体を隠せる
縁起のいい雲の一切れを腰に巻く

これだけの隠し事でも
天の御心だと思っているので
もはや心を閉じこめておくことはできない

偶然の契機

空が遥か遠くにあれば
思いも遥か遠くへ行く
道が遥か長ければ
足跡も遥か長く伸びる
眼差しの届く所までが
まさに予想されるひと続きだ

いかに長い道を歩いてきたか
いかに多くの道を通り過ぎたか
僕の立っているこの場所が
里程の座標となる
そして　前を見渡せば

まだ行く道がどのくらいなのか
静かにその空間を予見してみる

日の出と日の入り
春夏と秋冬
日の入りとともに入り　日の出とともに出て行く
いつからこんなことを習慣にしてきたか
自由でロマン的なアンダンテは逼迫に耐えられず
規範と規範ではないものの間で
ぎこちなく不器用に夢のように動く

歪んだ日常の状態
反故にされた伝統習慣
本来の規則は打破され　いずこかに消え
ひたすら未来に憧れながら
流星の揺らめく尾に乗せられ

儀礼的な歳月の中で
訳知り顔の夢を繰り返し見続ける

困惑

朝
頭に白い陽光を浴びて
寂寞とした眠りから覚めて目を開けると
何が見え　何が聞こえてくるのか
肌を引き裂くような鳴き声
黒く焼けた夢が転がりながらもがいている

自我の中で
濃厚な乳の匂いが漂い出し
空闊な宇宙は
貧血気味のようだ
蒼白な顔と困惑した視覚で

夢の年輪を盗み見る

あらゆることが
無情に
思い出の中の黎明を飲み込む
断絶をあざ笑い
揶揄しながら
自分勝手に決めつける

毎日必ず訪れる朝
摑みどころのない予感に震える
眠りから覚めれば
枕には
依然として黒く燃えてしまった夢の魂たちが
ぞろぞろと解き放たれる

冬の日の感動

木の葉がはらはらと落ちる
裸木たちは
直ちに楽器に化ける

天の楽譜によって
風の指は枝を弾きながら
神々が作曲した旋律を奏でる

小川の歌は
氷下の管楽器の音のように
なぜか物憂げだ

満天に雪の花が舞う黄昏時
独りをなぞりながら
窓際でわずかな静寂を吟味する

感動は
いつも聴覚から訪れ
冬は鼓膜で戯れる虹だ

管楽器と弦楽器は
この季節のとある街角で合奏し
胸中にある情を例外なく突き動かす

百年と千年の境界を越えて

一筋の糸のような時間が清風となり
天使のように
自由に宇宙を散策し

冬の真っ白な原野で
その身を貫く寒さと共に
三つの千年と二つの世紀を繋ぐ

白頭《ペクトゥ》の優雅な峰
ほとばしる眩しい日差し
遥か遠くにある歳月は私たちを忘れないだろう

母方の祖母が残した糸車で紡ぎ
ぶんぶん
百年と千年の線を繋ぐ

深山の中で

浅い小川に
水草の細い影が差すと
あまりにも真実であるという感嘆が湧き起こる

日に日に激しくなる日暮れの眩暈
裸の河原に
ガラスの破片のように静かな思惟は深まるばかりだ

寒風を受けて
帰郷の道を探している雁の群れ
黄昏時の雰囲気は相変わらず原始的だ

山の輪郭は鮮やかで
風の描写する
なだらかな線にはわずかな背きもない

深山の中の古刹の鐘の音　太鼓の音
燃える紅葉の中で唯一
一分の隙もなく　悠久の歴史と絡み合う

歳月の痕跡は
ますます世紀の地平線に流れ込み
個性が強い我をあらわす

魂

陽光の下で
かすかに見える
遠い山は　白く燦然としている

青い空の下で
聖なる光環の中に
千年の積雪は白い光で眩しい

五千年の古老の伝説が
五千年の一つの民族の精神が
そのまま白い光彩となって光る

原始林の中のシラカンバの森
幾多の人間の中の白衣の民族
きれいな白色で自我を知る

春の日の陽炎と夏の日の霧の中に
そして秋の冷雨と冬の冷風に
見えない力を感じる

武当山《ウーダァンシァン》*を登りながら

人と空が一つであるという理念が
こんなに高くて崇高な道教寺院を築いた

歴史のある一節を引き出すかのように
石板の敷かれた山道は雲まで続く

人と自然の関係を知ると
民の精髄を体得できる

雲を突き抜けて聳え立つ峰
神が道を示すが如く神秘的だ

情緒と意識は遥か遠い場所へと飛び立つが
それほど遠くはないだろうという信念だけは相変わらずだ

行きながら　立ちながら　あちらを見て
また　立ちながら　行きながら　こちらを見る

＊　中国湖北省十堰市にある山。

秋の手紙

舞い落ちる紅葉の上には
赤黒い文が血で書かれている

寂しい山野には
大霜が老いた白色を顕示する

高い青空では
青い情が郷愁を染める

彷徨する雲の上には
故郷の村の入り口を探す眼差しが反射する

流れる雁の群れは
旅人の焦がれる心をそのまま乗せて行く

ある夏の日の午前

小舟のような白い雲が
目の前で飛ばされて行くが
忘れて久しい汽笛の音
勇壮な勢いで胸中を貫いて過ぎ去る
少しだけ留《とど》まって　すぐに消える瞬間
時刻は特異な意匠で自分を飾り
峰を越える

歳月の外で放浪している尊大さは
鳥が驚いて飛んで行ったあの枝から
困惑を捨てようと努める

偶然に残した　いくつかの痕跡
足を止めて見回しながら
秘かに鍵が外れた心
時の外へ流してしまって
尖った草の葉と共に陽光の伺いを受け
美しいアゲハ蝶と新しいダンスを踊りながら
一朝に一新された風格を示す

笑いにゆがんだ腰を伸ばせなかった若葉は
ようやく体を起こし
ためらう顔色を見せ
それから　深く思索する表情をあらわす

第二部　私は詩行であなたにひそかに小道を差し上げよう

特別な孤独

たった今　故郷の孤独から抜け出し
すぐまた再び他郷の孤独に巻き込まれる
海寧《ハンニン》＊1の夜空に浮かんでいる月よ
どうして徐志摩《シュイチーモー》＊2の詩のように露となったのか
ばたばたと荒々しく揺れる銭塘江《チェンタンチァン》＊3の波音
この時期になれば
時空のトンネルを突き抜ける光陰のように
秋の夜をロマンと虚無で顕示する

もしかすると

歴史のある一段落を再現しているのではないか
千軍万馬がけたたましい音を立てながら走る
戦場の如く　未だ勝負を決めることができない

夜中には波音を聞いて
白昼には潮が転がる壮観を見守りながら
心は小舟のように
宇宙の静かな場所から奇妙に対岸に渡る

どこかで見たように彷彿とする
他郷で故郷の知人に会うように彷彿とする
あらゆることは美しく　平然としていて自然である

胸が久しぶりに激しく高鳴り
ふと
デジタルカメラが意味深長な春秋をレンズに収める

＊1　中国浙江省の都市。
＊2　中国の詩人、散文家（一八九七―一九三一）。「新月派」に属し、中国の詩の近代化に尽くした。
＊3　浙江省を流れる河川。

梅雨の寂しさ

長く
単調になるのが
君の歩き方のようだ

限りない雨音に
夢がずぶ濡れになり
よく煮た青菜の香りを想起させる

我を忘れた人のように
泣いて笑い
昼と夜は秩序を知らない

ますます小さくなるこの世界は
君と共に
しつこく密着してくる

一九七五年秋　林口《リインコォウ》*のある駅で

あなたは立ち去る
耳をつんざくばかりの汽笛の音
秋の深い夢を破った

緑色は言葉なく姿を隠し
色とりどりの山野が目の前にすっと近づく
山を越え　また山があり
そこはどんな風景だろうか

行き交う汽車は　時々
息を切らしながら束の間休んで行く
埃などを撒き散らし

いくばくかの静寂を乗せながら
騒ぎ立てる

赤　青の信号灯は　照れくさそうに向き合い
青旗と赤旗は苛立ち
身もだえしながら自我を表現する

鉄道は暇な時は伸びをして
並んで腰を伸ばし　横になってうとうとし
正午の陽光はいつにも増して無関心だ

あなたは立ち去った
あなたが立ち去ったので
知らなかった寂しさがますます募る

＊　中国黒龍江省南東部牡丹江市に位置する県。

人生の場合

騒がしさにあがく毎日
寂寞に浸り　髭が伸びる毎日
騒がしさと寂しさが交わる毎日
悲哀と歓楽が踊る毎日
歳月は積もり積もって
チョモランマは世界の屋根となり
長江は長い脈動を打つ
そして　それほど偶然ではない一時期に
私たちは肩を組み
歴史の奥深い路地に入った

これは　ひと目に抱かれる眩しい情景

燦然たる陽光は温かく笑い
黙想にふけってどうしようもなく
静かな広野を撫で
白頭の分厚い白い魂は
躊躇なく膨張した川に飛び込み
けたたましく声を上げながら走り
屈強に時間と空間を再び開拓し
秩序がない所から　ある所まで
ある所から　またない所まで
絶えず　弁証法の微妙な真理を解く

程なくして
疲れた歳月は再び精神を取り戻し
赤く燃え上がる夕陽の情熱に体を預け
明日の音律を綴っていく

ついにある一日
凄まじい夜雨は昔の路地の遠い場所から舞い降り
瞳孔は　栄えた表通りから奥の深い場所に移され
純情な風景は夏の空で戯れながら
純粋な夜光は宇宙に広がり
カエルの鳴き声に感動した雨粒は
薄暗い街灯の下　揺れる木の葉の影の中で
困惑を捨てて滴《したた》り
翼を濡らしたカモメは　荒い息遣いを整える

風が吹いて来る
長い髪は旗のようにはためくが
突然　橋頭には　ひとしきり耳打ちした後
沈黙がまた戻って来る

待ちぼうけ

六月
私は
レモン色の黄昏の中を歩いている
小雨は
私の荒い息を濡らし
沈黙の足跡を覆っている
滔々と流れる波は
恋しさに渦巻き
夜は
長い川の土手の秘密を覆っている

そして

私たちは約束もせず
最初の起点に向かって
握手を交わした
たった一言
たった一言で十分
あの川の水のような言葉を
胸の中に流した

ただし
残ったものと望むものは
待ちぼうけだけ
もう一度
この起点から明日に戻ってみたら
そうすれば　また
六月の夜に小雨が降るだろう

残ったものと望むものは
待ちぼうけだけ
カレンダーは櫓のように漕いで行き
マグマのように赤々と燃える情熱は
もう一度　もう一度
明日のために蓄積される

春・黎明・別情

遠い空のほとりで
黎明は震える二つの心を引っ張り
静かに
静かに足を運ぶ

別れながらも
禁じ得ない恋心
別れた駅前で
昨夜の恍惚をなぞってみる

青い詩行に乗って
新しい朝の序曲の中で

疾走する列車の息
こだまは胸中いっぱいに埋め尽くす

残しておく未練
持っていく志向
もしかすると　別れと名残は
同じように心を痛くするのか

ポーランドで不意に出くわしたロシアの眼差し

秋風になびく長い髪
青い瞳の透き通る流し目に　見え隠れする
これは　言い表し難い風景
これは　微妙この上ない情景であると
私はあえて断言する

陽光が燦然たる正午
ふと偶然に合った眼差し
空気は真っ青な色彩で
作りだす大地も青い色彩で
あらゆることが一瞬にして起こり　それほど純潔だった

これは明らかに窓

ここから宇宙を残らず眺めることができる
青い時空に
色とりどりの色彩が流水のように流れ
異彩を放つ多くの星が誘惑を輝かせる

今回の出会いが　もしかすると虹に変わり
永遠に青空を横切ることができるだろうか
そうすれば私は虹の橋を歩いて行き
徐々にそれと融合して
塵一つない清らかな心で見守るだろう

深い湖のように青く澄んだ瞳
翡翠のように青い瞳
悠々とした輝きは宝石のよう
私の耳は
独り静かに　聞くともなく世人らのお喋りを聞いている

送別

六月の夏雨に
大地は想像を青く広げる
私は黙想の波に乗せられ
黎明が羽を伸ばす港で
旅立つ太陽を送別する

飛ぶカモメのように
心は波打ち
風で白い霧が晴れれば
海の空には
一幅の生き生きとした画がかかる
昨夜の収縮

今朝の膨張

明けの明星が海に眠っても
私だけは埠頭で木のように立っていた
船の汽笛の音が　私の恋しさを引き伸ばし
遥かな波しぶきを上げる
振った一枚のハンカチが
風に揺れる野花のように
次第に濃くなる香りを
私の顔に飛ばす

陸地の果てには
野草が生い茂り
青い芝の上には
彫像が玉のように美しい
海岸線は地図上に

屈曲した私の心と
波のように泣き叫ぶ私の呼びかけを
黙って宣言している

孤独

君がいる日々は焦燥して
長く過ぎ
君がいない日々もまた焦燥する

黄昏時の春雨に
翼を濡らした鳩の群れが巣に飛び込んでくるが
風景は退屈だ

街にはキノコのような傘が色とりどりに飛び交い
たくさんの誘惑は傘から弾け出して
粗雑な雰囲気にリズムを与える

とある路地で
派手なタクシーが一台　そっと抜け出して
歩道を占領する

心の沈潜が長い憂愁を引き出し
涙のしずくの一筋は
聖母の眩しいネックレスとなる

偶然に
窓の外を見ると
雲の後ろのお日様に　こっそり笑われている

ある待ちぼうけ

宿願は待ちぼうけ
待ちぼうけは　ある情懐
ある情懐は
もしかすると
ある待ちぼうけの失望
そして
怨恨は
いつも恋しさと対になってやってくる

怨恨と恋しさは当然異なるが
原始林の薄暗いところで
面と向かって

互いに融合して
離れることが惜しくて
分厚い苔に育つ

歳月が流れ
すべての種が次第に蓄積され
内容はもはや説明できないが
ただ　その一株の白いシラカンバのみが
清純な趣で
多くの生命の中で
心をひやっとさせる風采を展示する

初冬の木枯らしの中で
青空を放浪する雲の群れを見守りながら
あなたは確かに海を見たことがないと断言するが
正午に近いお日様が

笑うやいなや
あなたの影が曲がっていると揶揄する

季節は再び不自然にやってきて
気安く名前にできない情感を醸し出すことなく
疑いは跡形もなく消え
煩悩もいつか姿をくらまし
待ちぼうけには　二度と静けさを感じず
寂寞とした思いも　また奇妙に感じない

私は詩行であなたにひそかに小道を差し上げよう

千万回会ったとしても
ひたすら恋しく
心の空で
月のように輝く君よ

密林の中
澄んだ湖の波紋は
未だライラックの憂いを
淡々と揺さぶっているのか

私は私の詩行で
君に

静かな小道を差し上げよう

行こうか　行くまいか
ついに行ってしまう足取りに
思い出の霧と
勿忘草の露の足跡
心だけが糸の切れた凧のように
青い空を自由に流れ

荒々しい北風も
斑の残雪も
寂寞とした山谷に姿を隠し
晴れた日　曇った日
突然やって来る　あの
山河を震わす雪解けの時期

すべてのシュゼットと物語は
明快な散文詩
私の瞳にはテーマがあふれ
君の瞳にはリズムが流れ
静けさを知らない空間に
夢のように素敵な夕焼けが花咲くように

千年の思念

あなたのいない日々は
なぜ涙が流れ出るのですか
春先の冷気に
裸木の揺れる枝を眺め
私はどうしようもない戦慄にすすり泣きます

辛い思いと
孤独な魂は手をつなぎ
鏡のような平な水面に
力なくうなだれた表情を映し
突然の早瀬が情けを乱します

新千年のこの国に
ツツジは再び咲くことはできなかったが
無情な歳月はすでに
北中国の殺伐とした季節と共に
何かを囁いています

こんなに広い宇宙に
草はまだ青くなく
花はまだ咲いておらず
鳥はまだ歌っておらず
さらにお日様まで
貧血のように青白い血色を見せています

すべての思念はかろうじて笑い
玉のように清新で
氷のように冷徹な静寂の中で

淡いバラの香りを振りまきながら
いつものあなたのように静々と歩いてきて
笑みで私の悲しみを慰めています

中原《チョンユエン》＊1での邂逅

楚と漢が天下を争った棋盤の
中原のとある一角で
雄大な楚河と漢界を間にして
私たちは約束もなく会う

あなたは対岸に立っているが
風になびく長い髪の中から
次第に滎陽《シャンヤン》＊2の多くの物語があらわれ
歴史のある一つの愛を伝えてくれる

李商隠《リーシャンヤン》＊3のあまりにも多くの才能を受け継ぎ
劉禹錫《リュウウィシー》＊4の千古に伝わる詩句を体得したが

静やかな瞳には唐宋の穏やかな趣が漂い
伝統と現代が融合した経典的な美しさが輝く

私は黙したままひたすらあなたを見守り
昔の純真さが九月の空のように様変わりし
自由自在に
真珠のように玲瓏な雨粒をばらまくのだと考えてみる

澄んだレンズは徐々に焦点を合わせ
景色を深い背景にして遠くの滄海桑田《そうかいそうでん》＊5を描き
にっこりと笑う一瞬に
心臓が激しく鼓動する場面を胸に深く刻み込む

＊1　中国、黄河中流域の平原地帯。
＊2　中国河南省鄭州市にある都市。
＊3　中国晩唐の代表的詩人。
＊4　中国唐代中期の詩人。
＊5　世の中の移り変わりの激しいことのたとえ。

夢の解釈

早朝
電話が一本が入り
夢で私を見たという

昼間　思い出してみると
また夜に夢の中で会おうと言われたが
なるほど　迷信も非常に霊に通じているようだ

夢が媒介となって
曖昧で不確定な話題を
導いて行く

黙契は
退屈で寂寞とした時空間で
早瀬を波立たせた

ある思念
ある夢の中で
もしかしたら　あるきっかけにもなりそうだ

ずいぶん経った後で
電話を一本
優雅な解釈を得々と披露する

ツツジ

正月の日に
子供たちが火をつけた爆竹が
ひょっとすると四月の雨の中で
また　火花を散らすのか

震える薄紅色のスカートに
徐々に染み込む
雨のイメージ
薄化粧した
きれいな笑みが少し軽率だ

雨の中で

どうすれば快活になれるか
燦然たる色調で
風景を作るがぎこちない

その後
雨が止んだら
美しいお日様の前から
恥ずかしくて逃げ出すか

狩猟日記

突然
驚くべき発見に
胸は狂ったように躍った

それで
あるいは青々とした草地で
あるいは生い茂った樹林から機会をうかがう

私は慎重に
君の行きと帰り道に
美しい罠を仕掛けた

その後
毎日　時々刻々
君の動静を探る

内心では
しかし　焦燥して
その時を待つ

ずっと待ち続けて
どれほど経ったのか　ふと
君がすでにこの道を替えたことに気づいた

過ぎ去った昔日

風が吹く
葦原は歌う
下げ潮の後に
また　上げ潮が集まるが
恋しさは常に　さらにその上にあふれ出す

玲瓏たる夢が
焦燥した渇望の中で
独り彷徨い
心の凧は
いつも四季の空に舞い上がる

この歳になれば
大きく明るいお月様は
にこやかな顔で
真剣で丁重に
いつでも　過ぎ去った昔日を潤色してくれる

雨の日なら恋しい日

女たちよ
自分の席に戻りなさい
それでこそ美しい

香りでも分かる
様々な香りのタイプ
花園でしっかりと自分の美しさを誇りなさい

しっとりとして柔らかな春雨の中で
自分の場所を見つけて充分に濡れなさい
見るもののいないことを疑わないで

花びらたちが
思い出すたびに
空には千万色の夕焼けがかかる

未だ　盛りを越えていないと信じ
煌びやかでもない隠喩に従って
美しい花影を描き出しなさい

第三部　故郷の月食について

抜け出せない夢路

一晩中
寝返りを打ちながら
少しも抜け出せない

屏風に描かれた山水画
曲がりくねった旅人の道
すべて汗に濡れている

鳥の声
風の音
月の光が恋しさを白く染める

故郷のあのあばら屋を思って
いつも郷愁はあふれるばかり
心配事も山ほどある

垣根が
憧れを遮り
退屈な歳月を置き去りにする

終日
寝返りを打ちながら
少しも抜け出せない

幼年

突然
黎明は千万もの日差しを包容し
網のように目の前につけられた足跡を埋める
雨蛙の合唱は突然止まり
おたまじゃくしが真似する休符は水の上に浮かび
私の到着を待っている

玲瓏たる露玉は草の葉の上で輝き
私の視野には太陽の照り返しが
この絢爛たる世界と
脱穀場の稲の中の夢を　共に
黄金の光の朦朧とした履歴で紡ぎだす

色とりどりの緑の思索は
夕陽の中から立ち上る煙と共に舞い散り
暖かな黄昏は　母方の祖母の昔話のように
村中に恍惚とした陽炎を
強固なまでに敷いてゆく

旧暦の正月前後

師走に入ると
郷　鎮《シィアンヂェン》＊と村の影は降りしきる雪に飾られ
幼年の幼い期待で固まる

一夜のうちに
魔術のように世界中を覆った白い雪は
聖なる童話のように胸の中に入ってゆく

正月だ
故郷の村でわが家の愛情が込められた飴を溶かし
長い真冬を回想する

一つ年をとったら
一つ憧れが増えてゆき
未来への疑問の答えがまた一つ知らされる

赤い提灯の火が
家々の囲いの中で光を放ち
子供たちの遊びから明るい新年が見える

次第に
爆竹の音が天地を震撼させてゆき
正月気分は天地を包み老いない歳月を示している

そしてまた
正月前　正月後の長閑《のどか》な毎日があっという間に過ぎ去ると
正月後　正月前の多忙な毎日がやってくる

＊　中国の県級市の末端自治区。

川よ

もし　まだ七色の虹の腰を
片隅の壁のように
頼れるのなら
私は幸せであろう

最も寂寞たる
一筋の川のように
流れて流れて　また流れ
愛する理由を綴って行くだろう

故郷の長く続く田畑と
燦然としたヒマワリ畑は私を恍惚とさせ

月明かり下でその愛は
なぜか真実を忘れさせようとしている

自らの魂を懐に抱き
生命の幻想曲を奏でるとき
美しいその姿勢は
はかない人生を色褪せさせる

川よ
だから川は歳月と共に流れ
歴史と時代と共に呼吸しながら
執拗に夢の中へと流れ込んでくる

一回だけの郊外周辺での散歩

セミの声が騒がしい山の斜面から
私は独りで
すぐそこまで近づいた秋に想いを馳せる

トウモロコシ畑を過ぎると
どこかの家から逃げ出した牛が一頭見える
主人は大変焦っているだろう

と呟きながら足休めをかねて座る
拾った木の枝で
幼いころの絵を地面に描いてみる

いくら描いてもぱっとしない
草むらに寝そべり
白い雲に気の乗らない詩を一篇書いてみる

心境

成熟したように見える
顔は
誘惑する風のせいだ

ヒマワリの笑顔は
うっとりする様が異国の美人のようで
女神のようだ

初秋の空には
真っ赤なトンボが空中に静止したり
飛んでいったり止まったりしている

雲はしなやかな姿勢で
自分を着飾り
天の呼び掛けに応える

笑い　走りながら歌う小川
弛《たゆ》まず精力旺盛に
海までの過程を全うする

流れる歳月を
目で追いながら
痛む心に耐えている

故郷で　八月中旬を過ぎて

丘で
天を仰ぎ見ると
突然　欲望がわきあがる
青い空で
埃だらけの私の心を洗ってみたい

すすき畑で
風は濾過され
耳を澄ませば
夕焼けが燃える音を
すぐに聞くことができる

風に
飛び散る種たち
どうすれば　そのように
生き生きとして
美しく
斬新でいられるのか

畑に
ぎっしりと並んだ
とうもろこしを眺めて
気を付け！
休め！
をする私が将軍のように見える

挨拶なしの別れ

活気に満ちた夏はやっと去った
毎日見えていた緑陰も共に去った
あんなに熱烈な季節だったのに
こんな風に挨拶もなく別れが来る

道ばたの木々はかなり物心がついて
固有の色合いに姿勢を整え
次に来る季節を飾る

山の斜面の風景も
大体こうだ
ただ空だけが相変わらず青く

渡り鳥はすでに列をなして出発する
予想し難い季節の別れ
こんな都市の郊外では
何の感覚もなく代わってゆく

もう一つの無題

心の中の薄霧は
冷たい悲哀を
慰めるように覆う

目を閉じると
明るい月の光が
心の中に流れ込む

川の水が轟々と音をたてて流れ去ると
川原は干上がって
砂利がごろごろと転げまわる

遠い所に立って
眺めていると
涙と汗が蒸発して夕焼けのようになる

粉々に砕けた時間の破片は
干上がった川底で
思うがまま　縦横無尽に飛び散っている

突然あふれ出た思い

晴れの日はいつも和やかな雰囲気を見せ
曇りの日は常に憂鬱な情緒を発散する
空を飛び交う鳥と
大地に育つ草
そして咲き乱れる花と這う虫たち
川の水の美しい風や岩石から気温まで
遥か遠い場所を目指す
模糊とした暗い隙間に
前例のない奇妙な状態が見える

こぢんまりとした宇宙に
素早く飛び交う星は奇妙な尾を引いて疾り

見知らぬ魂たちはそれぞれの天体を追って
稲妻のように時空間のトンネルを貫き
広々とした天空から
馭者のように素早い技を披露し
ムチをぶんぶんと振り回し
先を急いで
大気をかき分ける

どの季節なのか
どんな場所なのか
虚しさと真実が重なって
時々　異星人の夢のようでもある
ある境界線の内部と外部を行き来して
遵守する考えもなく
ひたすら上と下の間で
我を張って

すべてに気まずく苦しい関係を結んでいるようだ

そらが晴れると大地が見える
白雪に覆われた田畑に
変わった形の藁の案山子同士
風にまぎれてひそひそ話し　不確かな便りを交わしている
弓を引いた射手は　そこまで
明晰な考えもなく矢を射る
合谷《ごうこく》*と親指の間を貫く神話を
真っ赤な血の玉で
真っ白な雪野で咲き誇る情景を演出する

＊　親指と人差し指の間にあるツボ。

今日の蜃気楼

生まれたての空っぽの小舟一隻が
天の川に乗せられて　未だ　どこへ行くのか迷っている

朦朧とした空から徐々に降り注ぐ陽光は
水の上でおぼろげなイメージでぼんやりと輝く

聳え立つ高層ビルは味気なく
わずかに揺れながら閑静な景観を見下ろしている

過ぎ去った歳月と　これから過ぎ去る歳月と
また流れるべき歳月は　ここで約束のように交差する

遥か遠い時代の静かな物語が今や
今日の虚無と痛みで　音のない映像となってもがく

ある片隅の情景

一羽の鳥が窓の外から
長い間のぞき込んでいる

すると　また一羽が飛んできて
二羽でひそひそと耳打ちをしている

三羽目の鳥が私のベランダに降りると
最初の二羽が急に黙りこむ

この情景がいつのものだったか
放浪から戻った私は　恋しいものに感じてしまう

舞い散る雪の花は
鳥の毛玉のようにますます寂しくなる

渡る風

風はすでに風ではなかった
温度　あるいは焼け残った灰のようなものだろう

深い穴を掘って
残りの事由を葬る

やむを得ず
懺悔と月明かりと　きらきらと輝く星を忘却する

幻覚は陽炎のように
ぼんやりと目の前で踊る

くっきりと見える地平線は
絵のように私を呼んでいる

故郷の月食について

古くからの伝説によれば
遥か遠い昔に
大きな天狗が
飢えをしのげず
とうとう月を餅に見立てて
思わずぱくっと飲み込んでしまったという

それで
空全体が真っ暗になり
雲も本来の姿を失い
全世界に
夢幻だけが揺れて彷徨ったそうだ

星たちも
これまでの光を失い
ひたすら
長い尾をずるずると引きずり
六頂山《リオウディンシアン》＊1の後ろに
逃げ込んでしまった

天狗の寿命は
なぜもこれほど長いのか
今でも
時折り現れて
敖東《アオドォン》＊2の皇城跡の夜空で縦横に
牙を剝きながら吠えたてる

もちろん

お月様の生命力も途方もなく強い
天狗に数えきれないほど食べられても
よく
今日まで美しく耐え忍んでいる

＊1　中国吉林省敦化市にある旅行スポット。
＊2　敦化市にある南北朝時代渤海の初期都城と推定される城郭跡。

三人の山歩き

長白山《チャンベクサン》*1の中腹の
うっそうとした樹林の一角
落葉が厚く敷かれた小路で
二人の男と一人の女は
足元で律動する秋の気配に耳を傾け
肌寒く物寂しい季節に舞い散る朦朧とした詩句を吟味する

葉はこのようにきれいに落ち
空間に何の軌跡も残さない
裸のバレエのように木の枝は精一杯空に舞い上がり
無形の束縛から飛び出そうとするが
なぜか自分の影はなかなか隠せない

山鳥たちのさえずりは聞こえず
そよ風もすでに息を殺し
さらに探しにくく
さらに見つけにくくなり
少しばかりの自然と魂の間の調和により
ここら辺りにあった遥か昔からの静寂に姿を変える

そんなふうに　韓国人と二人の中国人は
深山の中で散歩をしながら同じ言語で話す
山の勇壮さと黄昏の柔らかさを感じながら
日暮れ時の薬水洞[*2]を夕陽の何条もの光が美しく染めるとき
いくらかの温もりを心で静かに感じる

＊1　中国東北部吉林省の国境地帯にある最も高い山。
＊2　湧水のこと。

再び見るシラカンバの森

すらりとしたスタイルに
眩しいほど白い肌
すらりとした背格好の
特別な趣が
私の少年時代を情熱で膨らませた

ここから
天女と天使と美人が走馬灯のようにあらわれ
その美の形は
四季折々の景色に飾られて鮮やかに刻み込まれ
いつも憂鬱で孤独な私の魂を慰めた

世俗で困難な道を辿ったせいだったろうか
浮き世に疲れたせいだったろうか
それとも安逸に走ったためだったろうか
退屈した歳月と長い年月を経たことで
もしかすると　あの頃のそんな大切な情懐を
容易く忘れてしまっていたのだろう

今回
友達らと共に過ごす長白山の薬水洞の旅行
偶然にも　再び見る若くてきれいなシラカンバの森
ふと湧き起こる深い感動に
心は激しく鼓動する

もう一度
真っ白なイメージと
真っ白な意味と

真っ白な境地が
私の生命の再出発の色となることを
故郷の敦化《とんか》の正覚寺で謹んで祈る

瞑想

ようやく雨も止み
雲は徐々に散り
月が顔を出す

月は空でも地上でも
そっと笑いながら　彷徨い
その中間にはシラカンバの一株が寂しく立っている

秦時明月漢時関（名月は秦の時代と同じ明るさで辺りを照らし　城砦は漢の時代と変わらぬ姿で聳えている）と言うが
楚と漢が天下を争った時
項羽と劉邦はどうして同志であったのに敵となったのか

月はそのまま秦の時代の月
雲とシラカンバと私は
いつの時代の雲とシラカンバと私か

すれ違う風に
風よりさらに軽い花の香り
私の心はときめく

雨上がり

思い出の中
この前　突然降った雨は
夕立だった

ほのかに
恋人の肌のようにとても白い肌
雲と雲の狭間で
お日様は
にこにこと笑いながら顔を出す

翡翠のように青い空は
すぐに手厳しい洗礼を受けてより澄み渡り

美しい情景が目の前で揺らめく
幻覚と現実が重なり
蜃気楼ではないかと疑う

暖かくて
清新で
まるで天女の領地に来たかのようで
聖なる足取りで
ひらひらと歩いてきて
優しく私の手を握ってくれる

道すがら
想像して
いつの間にかすでに村の入り口に着いている

第四部　ただそのように眺める

冬の夜

疲れた西風は
静かに退き
波のように流れる月の光が
雪の上に降って小波を打つ

冬の夜
私は静かに考える
夜よ
君の遠い昼との境界はどこにあるか
夕陽の最後の残光にあるのか
でなければ
夜明けの曙にあるのか

昼と夜は
こうして入れ替わり
冬と春も
同じように入れ替わる

時間と空間は
仲の良い双子
永遠の宇宙の
変わらぬ夜を司《つかさど》る

冬の夜
私は静かに思う
思索は夢を青く染め
静かな冬の夜を青く染め
月明かりの下で我が心を
そっと酔わせてくれる

悲しい情景

一匹の虫が
ドロノキの葉の上をゆっくりと這っている

寂しい異郷人のように
彷徨《さまよ》いながら周辺の動静を窺う

やっと木の幹に足をつけたが
足が離れない

行くべき道はまだ遠い
前では蟻の行列がすでに道を塞いでいる

逆らっても　あるいは逆らわなくても
見たところ死は免れない

それなら最初から悲壮に戦ってみよう
虫はふわりと木から飛び降りる

内臓が破裂した屍体の上
挙句の果て　蝿がたかりに来ようとも

断想

一つの過程は
常に　また別の一つの過程と融合し
一つの結末は
常に　また別の一つの始まりで飾られる

そして
地球ひいては宇宙は
曇ったものをきれいに濾過し
浅いものを深くする

東西南北の風
各々一つの異なる風である

四季のまったく異なる息遣い
感覚と情緒
黎明と黄昏
そして　どこかの家の鳩の群れが
交わる風の中で縦横に飛ぶ

太陽と月は会ったことはないが
互いの記憶は理路整然としている
私は偶然の一致であるとは断じて言わない

実際のところ私はすでに知っているだろう
何のために一筋の川は
もう一筋の川に流れ込み
何のためにすべての結末は　またその後に
結末を終えることができないのかを

そして千回万回と無限の概念
そして自然と社会を
このように見事に調和させたのが
誰の力であるのかも

解氷期

雲は追われて放浪し
名も知らぬ放牧者は自信にあふれて我が儘に
ムチを爆竹のように鳴らしながら空を巡るが
耳をつんざく騒音は歳月を無駄にし
大事にしていた自らの影だけを浪費する
楽しみと煩悩は相次いで近づき
しばらく深い瞑想に耽る

固体と液体はこれまでは競い合っていたが
真空が防御に替わったので
一歩退くのもよいと考えてみる
世の中のすべてのものは変化が常で

ひょっとすると場合によっては安定し
ひょっとすると場合によっては楽に眠れ
思い通りに自主的な道を決めることができる

反復的な簡単な輪廻は
飽きから恐れまで招き
神に見放される
互いの音と光と形は
私たちが　もしかすると知っていたかもしれないもの
しかし守ることができない軌道で
ずっと邪悪と善良は混沌としている

痕跡と経験は天に複写され
壊れた影は任意に付けられることを拒み
暴れて叫び声をあげる衝動から
夢の中で相変わらず生き生きと跳躍する

本来付与された意味には付加価値が生まれ
もっともらしいが　事実はでたらめな画面に冷遇され
右往左往して慌てた姿を隠せない

角ばった形は
頑なに復元に抵抗し
崩れたイメージは
中身をむやみに詰め込むことを頑なに拒否する
特別に目立った個性は
たてがみを靡かせて嘶く駿馬のように
すぐに憧れの遠方へ矢のように走り去る

白昼と夜中よ
何がそんなに理路整然とせずに
何がとても我慢できないことばかり残ったのだろうか
話のあらすじが次第に明瞭になり

静かな表面に浮かび上がるシワは
歳月の老いと
不老の野望を宣言する

地平線の向こうから
ひそかに聞こえてくる音
すべての生命は精神を取り戻す
名も知れぬ興奮と焦燥は丘を越えて近づき
心を貫いて魂を打ち抜いて響く旋律は
天の雷の音で
世の中をあっと言わせるここの事情を天下に知らしめる

中原の秋雨

これまでは日照りで雨が少ない中原の九月だったが
今では何日も続けてしっとりと小雨が降る

黄色く色褪せた歴史は黄色い大地と共に
勢いよく流れる黄色い黄河の息遣いを辿る

青くなっている所は相変わらず青く
黄ばんだイメージの中にも　ひたすら青い詩の美が漂っている

その年の劉禹錫と李商隠が残した千古の遺風は
今も常に墨香を漂わせる

私は龍が棲んでいるから霊験があるというこの水辺で
あの時の　その雨の中の郷愁を味わってみる
朦朧とした雨の中でよく見回し
不朽の歳月の幽玄な謎を熱心に解いてみる

黄昏時

丸い夕陽が赤い顔をして
無数の木々の梢の上に
余裕綽々と寝転んでいる

清涼な天気の
熱烈な雰囲気の中で
想像は現実に誘惑される

地球の向こう側では
今　朝の真っ最中だが
すでにこちらに向かって突進してきている

闇のトンネルを貫いて
退屈な旅路にも疲れることなく
やはり　さわやかな姿であらわれるだろう

そして次々に
また厳然たる存在として
新しい物語を紡いでいく

地震

しまった
と言いながら大声で叫び
神はいつの間にか足取りをためらう

どの神経を誤って痛めたのか
地球は相次いで痙攣を起こして
生と死は明確に境界線を分ける

かつて無用心にも
引き起こした大きな事故
人間は無関心な造物主を呪う

どうせなら
よりによって　と
愚痴が天地に響きわたる

誰のせいだというのか
そもそも誰かのせいなのに
さっさと立ち向かわないのか

ただそのように眺める

五月上旬の山野は
青色に淡々と染まったかに見えるが
近寄ると
その青さはどこに
その呼びかけはどこに
その名はどこに
跡形もなく消えてしまう

草色遥看近卻無（草の彩《いろど》りは遠くでは確かに見えるが近くでは見えない）と
韓愈先生が言っていたが
千年前のそんな幽玄な情景は
どうやって今日まで続いていたのか

今の中国北方の大地の上から
私には
ただそのように見えるばかりだ

もしかすると
そう　もしかすると
間違っているのではないか
ふと
千年と千年の丘を越えて
疑問よりも恥ずかしさが
心に湧き上がってくる

心思

停電だ
まっ暗な周囲は
手を伸ばしても見えない

最初に電話が切れてしまう
世界と隔離された私だけの世界
突然自我がとても単純になる

朝　眠りから覚めると
平凡な日曜日
窓の外には花を飾った乗用車が並んでいる

今日はまた
どの家の娘が大きくなって
お嫁に行くのか

最近の幻覚では
いつも高くて黒い塀が
目の前を遮る

黒雲のように
あるいは瀋陽《シェンヤン》*1から
あるいは通化《トンファ》*2から　別のところからも疑念が湧き上がり

片方の青い空を塞いで
私の視線を遮るが
どうやら　ある歴史のひと区切りのようだ

曇った日に
再び憂鬱にならず
晴れの日に喜ばないことが

もう何年目になるだろうか
今日と明日はどんな風景と心情になるのか
さっぱり分からない

＊1　中国遼寧省の省都。
＊2　中国吉林省の省都。

無題

静けさは
荘重で重々しい姿で
時空間を散策し
粗雑は
軽薄で浮き足立った歩みで
通りを彷徨い
差異はここから
世界の個性を描き出す

これにより　世界は人それぞれの世界で
柔軟に　あるいは無情に解体され
真実が偽物で

偽物が本物に化け
特別なきっかけで還元された後　再び還元を求めて
悲劇と喜劇は最終の共役点から
共鳴を引き起こす

その後の進行には
火薬の臭いが鼻を突き
その後の展開には
優美な神話の色彩が塗られた

歴史の老人は杖をつき　かろうじて
夢の郊外から悠然と歩いて来たが
不意に満面の喜びが怒りに変わり
温かな白雪の上で
愚かな存在だと
地団駄を踏んで私を疾呼する

偶然振り返る

無関心な秒針と分針と時針との間には
過ぎ去った歳月が次々と立ち並ぶ
果てしなく遠い意思により
流れる水面の上で
堅忍な品性で
あらゆることを透視できる目にこだわる

一時停止した時間で
数えきれないほど多くの想像を重ねながら
これからは二度と楽しい希望はないと気付かされる

時々

息切れしながら　かくれんぼもして
それだけで共鳴を引き起こし
小さな興奮の高みを得たが
それもただうたた寝をしている間の
短い備忘録として残っているばかり

ある小さな哲学

眩しい空を
ぱっと開け放すと
長い余韻が漂っている

一歩退いて
もう一度波紋を投げかけると
花びらの上に黎明が射し込む

たった独りのために
美しい夕焼けが浮かび
天地が新たに開けて来る

足を止めて眺めていると
時々肩をかすめるが
やはり速かった

自由を渇望する

無表情で散策し
歳月の進捗を
振り返る

心が裂けるように痛い
私のためらいのために
地球の回転が滑らかではない

思い出の一つが
自由にはためきはじめ
巨大な情熱がひた走る

思い返すと
君と私
二人のすべてが神聖だった

海を見る

海は
自分を誇らない
そしてすべてのものが
幾度もあふれ出る情熱を
かろうじて堪えていることを知っている
その一方で　また何度か
丁重に重々しく
自分を努めて隠している

倒れても
さらに奮発する姿であり
生気溌剌な姿であった

叱るような泣き声
駆け付けると
海はすでに静かだった
かつて愛を告白した痕跡は
跡形もなく消えていた

海よ
いつもこうやって死んでしまい
遠い
墓場に行く映像が
より壮麗に見える
それは
剣となって天を貫く

青天を仰いで

不意に
寛大な陽光の配慮を受け
私は陰気な片隅から飛び出す

一生慎重に生きていくが
それでも真冬の厳しい寒さに耐えられず
思惟は次第に枯れ果て本性を失う

いつでも青天を仰ぎ見て
雲の上には
愛がたくさん込められていると想像してみる

白鶴が群れを成して頭の上を飛び
徐々に
青い空白を私に開いてくれる

濡れている童話

雨が降る夜
夢がびしょ濡れになっているのは
粗末な家に漏る雨のせいだ

庭の中で干からびたヒマワリの株の間に
朝顔がかろうじて寄り添っているが
葉は厳しい雨粒を受け止めている

雨音は
部屋全体を埋め尽くすが
ドアは口を固く閉ざすばかりだ

干からびたヒマワリの株の間に沿って
そして朝顔の蔓を伝って
夏の夜はびしょ濡れの童話を綴ってゆく

浜辺

すべての恋しさが
すでに黄色い砂に変わり
青空を黄色く染めていて
ますます細く深くなる首筋は
肩の上から
孤独に立っている

すべての眼差しは
海の向こう側から
遠くなびいてきて
一旦　多くの切れ端に裂け
微細なホコリとなって

くしゃみを誘う

上げ潮が押し寄せる
もしかすると　あれは美しいものだったのだろうか
いちどきの騒動が終わり
静かになると
浜辺はきれいな手で
清麗さだけを造形する

第五部　布爾津《ブルチン》のお月様

咸亭ホテル

九月下旬の紹興《シァオシィン》＊1は
相変わらず火のように蒸し暑い天気だ
これはもしかすると観光熱と関係がありそうだ

ひとまずこの地を踏んで
私はまず咸亭ホテルを探すのに忙しい
それから先生＊2の姿を真似て
茴香《ウイキョウ》＊3豆《まめ》をつまみにして
ゆっくりと黄酒《ホァンチュウ》＊4の杯を持って珍味を吟味する

酒が造られた年のその情景
当時のその陰翳《ニュアンス》を

あえて吟味してみる

街角では
どこへ行っても酒の香りが漂う
三十七度の空気の中で
四方八方から来た訛りが
互いにもつれて徐々に広がって行く

孔乙己《コォンイーヂィー》*5の黒い鋳鉄の彫像は
陽光にさらされて刺すように熱いが
歳月のこだまはすでに緩慢になりつつある

＊1　中国浙江省北部の都市。
＊2　魯迅先生。
＊3　セリ科の多年草。薬用。香辛料にも用いる。
＊4　中国の米を原料とする醸造酒。
＊5　魯迅の短編小説に出てくる人物。

蘭亭《ランティン》*

ひたすら酒と詩だけの
流觴曲水という話が伝えられたのだろう
四十一人の文人の才能と
三十七人の文人の詩篇は
その不朽の序文と共に歳月の中で伝えられたのだろう

王羲之先生の気さくな書道と
才能あふれる文章が
今日まで伝えられて
自由な魂はどんな跡を残して
伝説的な色彩の空のほとりを夕陽で染めただろう

水三樽を費やし練習して書かれた「太」
ただ　その一点だけ王羲之先生に似ているが
それでも驚くべき進歩
諸君が見ての通り
正字で書かれた文字が
書道の殿堂に丁寧に祀られた

蘭と
青竹と
曲径は
ここで渾然一体に調和して
歳々代々続く文化のイメージに凝結される

＊　中国浙江省紹興市蘭渚にあった亭。

紹興

また再び見ることとなる咸亨ホテル
また再び目につく孔乙己の彫像
魯迅先生の筆致で描かれた情景で
正午の陽光の下
歳月の風変わりな累積

ホテルの中の施設は良くなったが
現代商業のイメージが多分にあり
茴香豆と黄酒は味が落ち
雰囲気はあの頃の先生の描写からは
ますます遠ざかる

街には白一色の壁
小川には一面笠をかぶせた小舟
空には　しとしとと降る小雨
数多くの景観が重なり
私の足を止める

魯迅の生家

三味書屋*から百草園まで
わずか二百メートルほどの距離
こんなに短い道で
先生はどうして　こんなに多くの読者を
感嘆させる文章を書いたのだろうか

それで　噂になっている百草園も
事実　雑草畑に過ぎず
こんなに普通の場所でも
先生はどうして　こんなに多くの人々が
一生を想像することができるようにしたのか
三味書屋はそれでもかなり特別な場所で

明らかに江南の典型的な寺子屋
ただし 「早」 の字が意味することを考えても
その時　先生の先生は如何に厳しく
子供の時の先生が如何に苦心したかを知る

門前にたたずむ私
静かに停泊し
まるで先生が遠い旅に出ようとするかのように
でなければ　先生が遠い所から帰ってこられたかのように
音もなく長い沈黙を守っている笠をかぶせた小舟

文化と
精神と
そして思想は
こうしてここで　一気呵成に成立し
彷徨から抜け出した

＊　中国浙江省紹興市にある私塾跡。

普陀山《プートゥオシャン》の印象*

島は
知性と信仰と悲願によって築かれた山
山は品のない雲と霧に包まれる

海を土台に
山を基盤に
覆われた雲と霧を貫き寺は高く聳え立っている

郷客は菩薩と共に
心を合わせて
真心を込めた約束をする

菩薩様の神力を受けるには
真正でなければならない
すべてのことを知らなければならない

徳を積んで
善良でなければならず
また　不断に学ばなければならない

海を渡り
山を探し
辛苦を恐れてはならない

合掌して
お辞儀をして
両目をそっと閉じる

心を静め
精神を集中し
途方もなく息を殺さなければならない

ある詩人が言うには
必ず三回は行かなければならない
そうしてこそ　すべての厄を越えることができるという

＊　中国浙江省舟山群島にある島。

諸葛亮《ヂゥーグゥーリィアン》*の意味

知恵と忠誠を一身に背負い
現実と理想を絶妙に調和させた伝説であった

どんな事態にも驚かず
常に冷静で敬虔な心を持ち

万事に乱れることなく
すべてのことに気を付けて慎み

大小の別なく
細心で熱心に行うことを天職としていた

主君に忠誠を誓い
この世に二つとない情を注いでいた
人格と業績を一つに凝固し
崇高さと信念を絶頂に押し上げた

＊　中国三国時代の蜀漢の大臣。諸葛孔明とも。

蟻の群れを見下ろして

記憶の中で
それはある夏の日の正午だっただろう
木陰の下に
座り　私は爽やかな風で涼をとっていたが
偶然　木の根の近くに
蟻が出入りして忙しく動きまわる情景を見た

ぼんやりと
出発点も終着点もない小川のように
遥かなる旅程の
ますます深くなるばかりの川で
枕木を牽引して波を起こし

天然の調和を描き出す

陰鬱な草むらをかき分け
炎のように降り注ぐ猛暑を浴びて
死を代価として払いながらでも
どうしても行かなければならない
どうしても行ってしまう
絶え間なく流れてゆく　粘り強い群体の流れ

ひとしきり流れ出る限りない感慨の後
私は夢遊病患者のように
突然背中を伸ばし
大きな足取りで
都市と農村を通り抜け
目に飛び込んでくる広野をまっすぐに歩いていく

秋の日の窓から外を見る

秋は
どうやって来たのか
全く気配がない

水底は
青い空が閉ざされていて
妙に静かに見える

お日様は
種子を孕み
今は明るい収穫を得る

そよ風は
新しい便りをそれとなく伝えるが
老いた銀杏は感動することを知らない

山道は
頑なにくねくねと曲がり
まっすぐに伸びることを頑強に拒否する

奇岩は
自らの落ち着いた姿により
千古の魂を静める

防川《ファンチュアン》＊展望台

君は広々とした歳月の中で
雲霧をかき分けて
浮かび上がる船のマストか

遠くまた近くに
遥か彼方で漂っている東海へ
遂に立ち去ることができず
腐敗と無能で固まった暗礁に
ぶち当たり
この場に凝結した
乗り上げられた鬱憤の情緒ではないのか

白いカモメが
青い海の便りを携えて飛来し
太平洋の穏やかではない話を聞かせ
続く青空を切り開く

起伏の激しい水脈は
うねる彫刻
満ち潮と引き潮は
この不平の歴史を
平らに鎮めようと
叫びながら走り回る

＊　中国吉林省延辺朝鮮族自治州琿春市にある観光スポット。

平和な日々

澄んだ空の下
トンボが飛ぶ

トンボの翼の下
青い波が池のほとりで震える

青空には
時々沼の姿が照らし出されている

沼の水面には
時々トンボの歌声が止まっている

猛威を振るった颪は
遠くに逃げ去った

悪魔のような黒雲は　ぼんやりと
空の遠くに見えるばかり

まるで約束でもしたかのように

行く道が塞がったので
今はどこへ行けばいいのだろう

まるで約束でもしたかのように
朦朧とした記憶が蘇る

あまりにも遠過ぎて
もう作り変えることもできない昔日

憂愁に満ちた霧をかき分けると
春光を浴びて冷えた失望ばかりが蠢く

陰鬱な風が吹く
夢も幻も煙のように消え去る

ふつうの山と谷

朝の風の中に
天女の軽やかな足音が聞こえてくる
深い山の谷間に
雲が神なるものを優しく包んでくれる
囁きが盛んに聞こえてきて
久しぶりにその真実を感じてみる
お日様は
高いところに昇り始める

この時の山頂は
青空が神話を語り世俗を葬り去る

布爾津《ブルチン》*1のお月様

北方の最も北側の一角に
美しくて静かな県城があるが
これを即ち布爾津《ブルチン》と呼ぶ

美しくて静かで小さな県城に
閑散とした夜のとばりが降り
より神秘的で安穏とする

神秘的で安穏なこの夜中に
丸い月がぽつんと浮かび
古くからの景観なのに新しくも見える

丸い月は
巨大な新疆《しんきょう》*2の餅のように
飢饉を追い払う

巨大な餅は
広大な荒漠の中で
黄金よりもさらに貴重だ

広大な荒漠よ
そうして月の光に照らされ
希望が君臨する

*1　中国新疆ウィグル自治区の県。
*2　中国北西端の西域の自治区。

一人の名前を黙々と噛みしめる

たとえば
最も困難な状況の中で
一人の人夫を思い描いてみる

目をとじて
幼い頃のように
大人たちの聴《ゆる》しを受ける幸運を感じてみる

喜びよりも
悲しみよりも
なぜか気品のある沈黙の方が似合うようだ

それは小さな雫でも
結晶体だから全面陽光で輝き
真実が透明な中からあらわれる

真夜中
心が静かな時は
一人の名前を黙々と噛みしめる

記憶

消しゴムで消して
また書く
心の中のその名前を

毎回
その都度試験を受けるように
かなり大変だ

突然
焦燥が潮のように押し寄せ
白い砂浜の影を消す

軽い風は
優しく景色を整えながら
夢の中の長い髪をそよがせてくれる

遠く
隠れている
言えない真実よ

望み

海は
永遠に平等
だから海だ

荒々しい波と穏やかな波が
手を携えて
景色も多彩だ

高低がなく
等級がなく
激情だけが休みなく張りつめている

暗礁に乗り上げて
海岸を壊し
恨みと愛を告白する

平たい水面に
青い陽炎が広がり
とても踏み越えては行けない

思いのほか

涙のように
流れたそこで
新春はひらひらと近づいて来る

流れる光は
時々虹になり
あるいは夕焼けとなり
それから
可能であれば夜に舞い戻る
そんな色調に変化する

何のためか

何のために　何のせいか
どうしても安心してその場にいられず
多くの言葉は頭上で渦を巻き
デコボコとした道に散らばりながら
無限の歳月をひとしきり調べに乗せて奏でている

解説

いつの間に自身の旅人になったのか

——金学泉の詩集『飛び立つ風景』に見られる自我の客体化について

詩人、文学評論家　全京業《チョンギョンオプ》

ある視点から見れば、人生の道というのは、実相の外に出て行き、再び中に入ってくる過程ではないかと思われる。いずれにせよ、世の中は主体と客体の間の交流過程で成されているのではないか。主体は外に出て行き、客体と交流して客体を包容することで客体を認識し、客体は主体の中に入って行き、主体に認識されて主体と融合することで主体の一部となるのではないか。ところが、その過程で主体を強調しすぎたとき、主体と客体のバランスが崩れて世の中は歪み、平和は壊れ、世の中は騒々しくなる。

金学泉の『飛び立つ風景』の場合、詩人は、自我の客体化を跡形もなく自然に整え、美しい一幅の飛び立つ風景を描いているが、詩で自我の客体化は、概して自我の視覚の客体化と自我の思惟の客体化で完成される。

自我の視覚の客体化

実際のところ、自我の客体化とは、簡単に言えば、自分の外から自分を見ることではないかと考えられる。個人的な観点から見たとき、一般的な場合、主体はいつも主観的な視覚で客体と交流して客体を認識し、客体を自らの思想に融合させることが人間の視覚の最も基本的な姿勢である。したがって、人間の視覚のこのような慣性で、自分自らを客観化し、客観的な視覚で外から自分を覗いて見たり、自分の外から自分を見ることは容易なことではない。

しかし、金学泉は、自身の詩集『飛び立つ風景』に収録した多くの詩作で主体を跡形もなく消し去り自分自らを客観化し、自我の外から世の中を観察する自身を見つめている。

時間と季節は、それを体験する人や書く人の視覚から見たとき、主観的な傾向に多く偏るが、金学泉の「時間」や「清明の季節」はそうではない。時間に対して感嘆し、季節を体験しながら何かを感じる自分自身を自らの外から、それも遠くに立ってじっと見つめている。

時間に虚しく流されてゆく日常と、自らの「瞑想」に陥ってしまっている自己を見つめ、次第に遠ざかる光陰を感じる自身を見守りながら、「水が来れば土で堤防を作り／兵が来れば　大将を送って正面から受け／この世では地上に怖いものは何一つないのに／ただ防ぐことができないものは　この歳月だ」と感嘆する。このような感嘆は、極めて主観的なものであるが、金学泉の詩では、そのように感嘆する主体はぼやかされ、薄められている。前方に多くの事実を列挙し、詩の中の話者が薄められてほとんど見えない。ある事件や事実に執着するのではなく、ただじっと見つめて写実的な詩句に近い事実を客観的な視覚で叙述し、跡形もなく主体を客体化して主観を抽象化したものである。

「清明の季節」の場合も同様である。自我を極度に客体化し、そのような客体化された自我を遠くに立たせて見つめ、極めて客観化された語調で叙述する。清明時代というこの特定の季節に、寂しい雰囲気に雨まで降らせ、憂鬱な中で生と死という、生命が行き来する宿命を連想させ、また、それから理想化した「奪われた野にも／春は来るのか」という叫びで国と民族の悲運を嘆いた詩を連想させ、そこで「優しい風」はいくら努めても「すべての涙は拭いてやれない」と言う。

詩の中に明らかに抒情的な主人公がいて、情緒を導いて行くが、清明、雨、野、新芽、野花などの詩語に薄められ、抒情の主体は「私」も知らないうちに跡形もなく客体化され、詩人の視覚はいつの間にか抽象化され、主観的な視覚から客観的な視覚に移転し、詩を読むとき、読者は詩人が叙述した客観と詩の外から自身を見つめる詩人という二重の時相を鑑賞することができる。

第一部の表題詩の「百年と千年の境界を越えて」の場合もまた同様である。百年と千年という表現があるので、もちろん極めて主観的な時間に対する情緒だが、「母方の祖母が残した糸車で紡ぎ／ぶんぶん／百年と千年の線を繋ぐ」という表現は、詩人の視覚を客観的な視覚に抽象化する詩の表現と、そのような詩の表現を見つめる詩人を同時に感じ取ることができる。

詩人金学泉は、「私は詩行であなたにひそかに小道を差し上げよう」と極めて具象的な詩語で抒情主体の視覚を具象から抽象化することで主体を客観化する。「千万回会ったとしても／ひたすら恋しく／心の空で／月のように輝く君よ」、「私は私の詩行で／君に／静かな小道を差し上げよう」という表現は、極めて具象的で主観的な表現である。しかし、主体のこのような極めて具象的な表現は、以下に続くその他の具象的な表現によって薄められ、主体は客体化される。「密林の中／澄んだ湖の波紋」、「…足取りに／思い出の霧」、「勿忘草」の「足跡」、「青い空」、「北風」、「残雪」、「山河を震わす雪解けの時期」などの詩句で、主体を陽光の下の雪のように溶かしてしまい、主体は薄められて霞み、詩人の視覚は主観的な視覚から客観的な視覚に移転する。

以上で取り上げた詩のほか、その他の大部分の詩でも詩人金学泉は自我の客体化と主観的な視覚を薄めて、客観的な視覚に移転させた。このような移転と変化は、詩人の意図とは関係なく、自然に行われることでスムーズに繋がっている。したがって、金学泉の詩は、自我の客体化と主観的な視覚の客観的な視覚への移転として、彼の詩を読む読者に詩自体を鑑賞するということと共に、その詩を書いている客体化された詩人も共に見ることができる複合的な審美環境をもたらしている。

主体思惟の客体化

自我の客体化過程で、主観視覚の客体化を、人間の五官のような物質的な面に根本を置いているならば、自我の客体化過程で思惟の客体化は、五官の情報収集にともなう思惟を通して成された虚体に根本を置いている。それだけ自我の思惟の客体化は、虚像の世界で成り立つのだが、このような客体化を通した詩象は、虚像でない実体として読者らに近づく。

千万もの日差しを包容する黎明、網のようなあぜにつけられた足跡、雨蛙の合唱は、明らかに詩人が自ら体験した幼年期の話である。しかし、このような詩語は、極めて客観的に記述されている。三連にわたるそれは、話者が体験した幼年期の日常であるが、抽象化された主観的な視覚の客観化として、詩人は幼年期を凝視する自身を自身の外から見つめて記述している。幼年期の思い出をたどる視覚の客観化を通して収集された情報は、主体思惟の濾過を経て自我の思惟は客体化され、読者らに客観的な詩人の幼年期を広げてみせる（以上、詩「幼年」より）。

このような主体思惟の客体化により、金学泉の詩は自然に客体化されている。極めて主観的な心境さえも、金学泉の詩では淡々とした客体として読者に近づいて来る。「誘惑する風のせい」「成熟したように見える／顔」、「異国の美人のよう」が「うっとりする」ような「ヒマワリの笑顔は」、「初秋の空」で停滞する「真っ赤なトンボ」、「しなやかな姿勢で」「自分を着飾」る「雲」、「精力旺盛に／海までの過程を全う」する「小川」、詩人の客体化された思惟では、自分自身の心境さえもこのように客体化されている。最後の連で、「流れる歳月を／目で追いながら／痛む心に耐えている」という主観的な表現をしているが、既に上記で主観的な視覚の客観化を通した自我の客体化として、このような表現の主観性はほぼ透明になっている（以上「心境」より）。

このような主体思惟の客体化は、金学泉の多くの詩で見られ、さらに『飛び立つ風景』の大部分の詩にも表れている。

「雨が少ない中原の九月」「何日も続けてしっとりと小雨が降る」とき、詩人は客観化された視覚で「黄色い大地と共に／勢いよく流れる黄色い黄河の息遣いを辿る」は「黄色く色褪せた歴史」を収集して「青くなっている所」で漂っている「青い詩」を収集し、劉禹錫と李商隠を収集し、「龍が棲んでいるから霊験があるという」水辺で「雨の中の郷愁」を収集し、「謎を熱心に」解く自分を語る。二十行にも満たない詩に、あまりにも多くの情報が詰め込まれている。じめじめとした中原の天気と小雨、唐の詩と郷愁、そして劉禹錫の韻文「陋室銘」に堂々と登場する「水」、そこに確かに「私」は水辺に立っていると言うが、思惟は既に客体化されて「私」というイメージは透明になっている。そのため、読者は遠くに立って詩情を収集する詩人と、そのような詩情を収集する自身をじっと見つめる詩人を、同時に遠い風景として鑑賞することになる（以上「中原の秋雨」より）。

　このように主体思惟の客観化は、読者が詩人の視覚から遠い風景として詩を鑑賞させる。

その他

自我の視覚の客体化と自我の思惟の客観化の他にも、金学泉の詩は、自らの独特の審美的な価値を有している。

　一つは中国の典故に対する円熟した自然な引用である。例えば「清明の季節」では、最初の連で「昔から　清明の時には雨が降るといったが／昔からそのために道行く人は面倒だと言うが」と始めている。明らかに唐の詩人杜牧のその有名な詩「清明」の最初のふたつの句（清明時節雨紛紛／路上行人欲断魂）を引用することにより、詩の文化と歴史の重みが一層増すこととなる。「中原での邂逅」もまた、一篇の詩からいくつかの典故を引用している。項羽と劉邦が中原で角逐していたところから、唐宋の完若派の詩句を添えている。このような典故の引用は、詩人が立っている空間とよく調和し、文化的な通奏低音となり、詩をより一層重厚にする。

もうひとつは、金学泉詩の言語的な特徴である。金学泉の詩は、朝鮮族の文壇では生々しく聞こえる、漢語の単語を多く使用している。詩人の主観動機とは関係なく、このような表現により、金学泉の詩は自らの風格を他の人々とは異なるものにしている。

実際のところ、中国朝鮮族の文人だからといって、自らの作品の言語を極力韓国式に純化する必要はない。およそ四百年を中国で暮らしながら（吉林市朝鮮族芸術館の館長だった故ナム・ヨンシク先生の「吉林市朝鮮族大事記」の記録によれば、一六七三年に既に朴氏姓名の朝鮮族五戸が丹東、瀋陽を経て西蘭市に来て定着していたという）、朝鮮族は、そのように暮らし、そのように話し、そのように交流してきた。したがって、中国朝鮮族の言語は、朝鮮と韓国の言語とは多くの部分で異なる風格を有している。そのようなものを消すよりは、そのまま持ち続けることが正しいのではないかと考える。

それだけでなく、金学泉の詩は、外来語を探すのが難しい。せいぜいほぼ本土化された外来語がいくつか入っているだけである。朝鮮の詩壇では、めったに見られない現象である。

簡潔に言えば、金学泉は『飛び立つ風景』でいつの間にか自分自身が旅人になって自我を客体化することで、その詩は遠くに立って自らを鑑賞する風景を作り、自ずから風格を成している。したがって、主体（自我）の客体化をすることにより、金学泉の詩は、さりげない善意を含み、徒に詩の宝石を売るというよりは、冠をかぶった高尚な人が前庭の見える軒下の床に座って、行き来する四季の芽と草と実と落葉と雪の花を見つめて悲しそうに笑っている、そんな姿で読者に迫ってくるのである。

松花江が流れる龍潭山の麓で

2022. 7. 3

膨大な時空間を交錯する心象世界

——金学泉詩集『飛び立つ風景』を読む

川中子義勝
ドイツ文学・思想史専攻
東京大学名誉教授

金学泉の詩集『飛び立つ風景』を繙くと、詩人の旺盛な筆力と多彩な作品の充溢に驚かされる。筆者は中国詩や中国朝鮮族の詩の伝統に疎い。また詩人や詩人の他の詩著について知識を欠いているので、作品のさらに深い解釈のために、文学史に則り評伝的に近づく旧来の途は採れない。比較的近年の文芸学的傾向に則り、作品に内在する言葉を手がかりに、筆者が携わってきた西欧詩の伝統からも近づきやすい作品について専ら述べていくことにする。

「第一部　百年と千年の境界を越えて」の巻頭におかれた詩「時間」——それは、第一部のみならず詩集全体のテーマを言い表すものと思われる。「道は　もしかすると／長くもあり　短くもある」。一世紀、一千年紀という長い時間のなかに「道」が通じていると詩人は告げる。宇宙という膨大な時間表象のなかにおかれ、森羅万象に晒されて、歩む者の心象は揺れる。そのような心理的時間を主題とし、その描出を志す詩が集められている。初めに「清明の季節」「初春」「春の日に関するある話題」と春を表題に持つ詩が続く。後には「冬の日の感動」「秋の手紙」「ある夏の日の午前」と、四季を廻る表題も現れる。季節は、人がその膨大な時間を区切り、「時空間の輪郭を描きだす」ことによって、悲喜こもごもの心象を導き出す。それを「ビールの泡の中で…爽やかに伸びをしている」と語るユーモアをも詩人は持ち合わせているが（「初春」）、心象の主調を詩人は「悲しさ」「寂しさ」として受けとめている。

本体はあくまでも時間であって、人の「心事」はこれに付帯することがらにすぎないからである（「寂しい心事」）。

作品「詩を書くとき」は、そうした膨大な時間の中で浮遊し定まらぬ意識が焦点を結び、詩が結実するさまを描いている。

森羅万象の世事を／蓄積して発酵させ／その熱と情を筆先に凝結して／空白に落書きをして／空間を埋め／不思議な感情の花を咲かせる

詩人は主客未分化の時間の中で、自己の枠、その存立の境界をゆるく構えている。そのとき「不意に」詩的霊感に捉えられる（「天人合一」と詩人は言う）。そのような主客未分化の状態から、時と所を定着させ作品が生まれる。（原稿用紙やワープロの）文字という客体世界が出来上がる。詩人の詩法が分かりやすく述べられている。

そのように詩人は「百年と千年の境界を越えて」紡いでゆくが、そのとき詩人はまた、一体となった「人と自然の関係」に「見えない力」を及ぼしている「民族の精神が／そのまま白い光彩となって光る」さまを見るという（「魂」）。「人と自然の関係を知ると／民の精髄を体得できる」。風土的なものが人格に影響を及ぼす。詩人はこれを「人と空が一つである」と始める詩で、「情緒と意識は遥か高い場所へと飛び立つ」と述べるが、詩集表題の「飛び立つ風景」の意義がそこに語られている（「武当山を登りながら」）。

第一部には、全体に亘って「時間」「空間」「偶然」「形式」などといった概念語が頻出する。先だって詩人の思想を述べた部分と言ってよいが、表現は思想詩の陥りがちな抽象とは無縁である。「感動は／いつも聴覚から訪れ／冬は鼓膜で戯れる虹だ」と、共通感覚の繊細さをも告げる知的な抒情詩で充たされている（「冬の日の感動」）。

「第二部　私は詩行であなたにひそかに小道を差し

上げよう」には、人や社会との関わりにおける詩人の意識を述べた作品がまとめられている。自然の膨大な時空間に身を晒す「寂しさ」の詩人には、気楽で安易な交際の世界は絶たれているようだ。初めに置かれた作品の表題「特別な孤独」はそれを象徴している。読み進めていくと「君」「あなた」「私たち」という人称が続けて現れるが、併行するように「寂しさ」「寂寞」「立ち去った」「悲哀」「待ちぼうけ」「恋しさ」「別れ」「未練」「送別」「旅立つ」「泣き叫ぶ」「涙」「行ってしまう」「いない」「辛い思い」「うなだれた」「過ぎ去った日々」と、絶たれる交わりを告げる言葉や詩の表題が重ねられてゆく。

「春・黎明・別情」のように「別れ」と「未練」の二律背反を直截に歌う相聞歌もあるが、大半は一方的に慕る思い、「恋慕」の情熱に表現が与えられている。「泣き叫ぶ私」の相手は人ではないかもしれない。生そのものとの「送別」を「屈曲した私の心」は「黙って宣言している」のだから。「君がいる日々」も「君がいない日々」も、と人の存在如何に関わらず「焦燥」に費やされる日々は、詩人の心の姿を言い表している（「孤独」）。外界との絡み合いの中で、その心はいっそう錯綜したものとなる（「ある待ちぼうけ」）。「千万回会ったとしても／ひたすら恋しく／心の空で月のように輝く君よ」と呼びかけられる「あなた」への想いは、友愛であれ、性愛であれ、肉体性を持たない。詩人の「心だけが糸の切れた凧のように／青い空を自由に流れ」てゆく。そのように、万有の揺れの中に通う「小道」として「私の詩行」の言葉はひそかに差し出される（「私は詩行であなたにひそかに小道を差し上げよう」）。「中原での邂逅」のように歴史的空間が具体的に語られたり、ストーカー的情念を暗示するユーモア作品もあるが（「狩猟日記」）、むしろ大きな空間の中にぽつんと居る意識が、専ら詩人の孤独を裏打ちしている（「千年の思念」）。自然・世界・宇宙の広がりを媒介して「導いていく」のは夢なのだ（「夢の解釈」）。

玲瓏たる夢が／焦燥した渇望の中で／独り彷徨

い／心の凪は／いつも四季の空に舞い上がる
（「過ぎ去った昔日」）

「第三部　故郷の月食について」では、そうした夢の源として詩人の故郷が想われる。郷愁が「抜け出せない夢路」として綴られてゆく。「幼年」へと時を遡る心は、年齢を肯定する実感として回想を重ねる（「旧暦の正月前後」）。故郷への愛は時間の中を流れる「一筋の川のように」綴られると詩人は言う。

川は歳月と共に流れ／歴史と時代と共に呼吸しながら／執拗に夢の中へと流れ込んでくる
（「川よ」）

独り「草むらに寝そべり／白い雲に気の乗らない詩を一篇書いてみる」詩人の飄逸な姿は、市井の営為から超絶した仙人を窺わせる、現代版の寒山拾得の趣きがある（「一回だけの郊外周辺での散歩」）。目立ちもせず、引きこもることもなく、世の中にそれなりに場を占めている。「痛む心に耐えて」はいるが、独りに浴してもいるのだ（「心境」）。

風に／飛び散る種たち／どうすれば　そのように／生き生きとして／美しく／斬新でいられるのか

童心を憧憬する詩人は「青い空で／埃だらけの私の心を洗ってみたいと」純粋な願いのうちに生きている（「故郷で　八月中旬を過ぎて」）。

郷里では、少年時代以来の思い出に始まり（「再び見るシラカンバの森」）、様々な想いや情景が詩人の心に浮かんでくる。ソネット「挨拶なしの別れ」では、移りゆく夏の自然が人との別れに重ねられる。詩人の心の基調をなす「悲哀」を、意識の中を移ろってゆく様々な形象が覆う。「目を閉じると／明るい月の光が／心の中に流れ込む」。また反対に詩人は、心の像を事物の形象へと巧みに映し出す。

粉々に砕けた時間の破片は／干上がった川底で
／思うがまま　縦横無尽に飛び散っている
（「もう一つの無題」）

「第四部　ただそのように眺める」には、こうした視点から記された佳品が集められている。「冬の夜」「悲しい情景」「解氷期」と想念の世界が次々展開されていく。作品「ただそのように眺める」は、この視点そのものを詩として結晶させる。そこには、世界の中で詩人金学泉にだけ許されている視点や姿勢を自ら恃みとしつつ、これでよいのかとふと顧みる含羞もまた語られている。

「第五部　布爾津《ブルチン》のお月様」には、旅の小景を描くなかに、魯迅、王羲之、諸葛亮などの人名や地名の固有名詞が大切な響きをもって立ち現れる。詩人は「一人の名前を黙々と噛みしめる」と語り、「心の中でその名前を」繰り返し記す（「記憶」）。ただ、ここで詩人の想念のさらなる深みに降りてゆくことは私よりもっと相応しい人に委ねたい。そのような深みを窺わせるまでに読解の感興を導いてくれた訳者の妙技に感謝しつつ、筆を擱くことにする。

あとがき

海の向こうに飛んでいく詩情

日本で、日本語に私の詩を翻訳して出版することになる。行くと言いながらも、未だに行ったことのない日本、最近はまた新型コロナのせいで、さらに行くことができない日本の、会ったことのない柳春玉詩人の翻訳で出版することになる私のこの詩集は、そのために大切であり、さらにかけがえのないものに思える。物理的な距離は、海と山と川を挟んで遠いけれど、詩で結ばれた心理的、精神的な距離は、いつも近くにいるように感じる。

柳春玉詩人と私は、たとえ会ったことはなくとも、他の見方をすれば、また詩ということを通して自然に縁となる部分があるように思った。二〇二一年十月、韓国の「同胞文学12号」の詩部門で偶然にも私は大賞を受賞し、新人賞には「柳春玉」という名前があることを知った。後でわかったことだが、まさにこの柳春玉であっ た。

歴史は大河のように流れ、時代がその中を渦のように回る人間の世界は、ある程度高度に発展した物質と共に精神的な状態にも到達した。そのためか、常に国と国の間、人間と人間の間には、見えない障壁が立ちはだかっては崩れ、崩れてはまた新たな障壁が立ちはだかる。このように障壁を構築して解体し、また構築して解体する過程で、私たちは列から抜け出し、葛藤から抜け出して、平等に自我を作り出すために自らの努力を傾ける。

その渦中で、詩は、神秘的に私たち人間を美しく育ててくれる。小説は、私たちの生活をより一層解放して広げていく芸術として、直視的な真実を明らかにしようと試み、詩は、私たちの現実をより一層包み込んで練り上げながら、夢と共に理想の境地を作っていく芸術の真実に挑むように思える。私は、このような芸術の真実のために、より多くの探求をして行かなければならないと考える。

それと共に、この詩集が出るまでに様々な面でご協力頂いた日本と中国のすべての方々にお礼を申し上げます。

二〇二二年四月十三日

中国延吉にて

金学泉

著者

金学泉（キムハクチョン）

中国朝鮮族詩人、翻訳家。国家一級作家。

一九五三年中国吉林省敦化市生まれ。

中国延辺作家協会の主席を歴任。中国作家協会会員、中国詩歌学会理事。

詩集『繽紛的季節』『多夢的白樺林』『世紀之交的独行』『白樺林情結』『某日某時的某種感覚』『穿越時空的行板（アンダンテ）』など多数出版。

主編・主筆『中国朝鮮族文学作品精粋』『二十世紀中国朝鮮族文学作品選』『中国少数民族文学理論批評文庫（第九巻）』。

第四期、第七期中国少数民族文学賞受賞、第四期韓国韓民族文字の広場文学賞受賞。様々な言語で詩が紹介・翻訳・出版される。

現在は中国吉林省延吉市に居住。

訳者

柳春玉（りゅう・しゅんぎょく）

日本翻訳連盟会員、日本現代詩人会会員、日本詩人クラブ会員、日本ペンクラブ会員、中国延辺作家協会会員、中国詩歌学会会員。
現住所　〒三四三―〇〇二六　埼玉県越谷市北越谷三―三―三　電話〇八〇―五〇八七―一二五一

編集　金学泉・全京業・張春植《チャンチュンシク》・韓永男・金昌永・柳春玉
後援　金春龍

中国現代詩人文庫　3　金学泉《キムハクチョン》詩集

発　行　二〇二四年七月二十日　初版

著　者　金学泉
訳　者　柳春玉
装　幀　直井和夫
発行者　高木祐子
発行所　土曜美術社出版販売
〒162-0813　東京都新宿区東五軒町三―一〇
電　話　〇三―五二二九―〇七三〇
ＦＡＸ　〇三―五二二九―〇七三二
振　替　〇〇一六〇―九―七五六九〇九
ＤＴＰ　直井デザイン室
印刷・製本　モリモト印刷

ISBN978-4-8120-2849-0　C0198